Ce livre est publié dans la collection
« Traverse »
dirigée par Ivan Jablonka.

TRAVERSE : des chemins de traverse, une traversée des genres pour dire le monde et le transformer. Un espace de création ouvert aux chercheurs, écrivains, journalistes, enquêteurs. Un lieu accueillant toutes les écritures du réel, pour relever ensemble les défis du XXIe siècle.

ISBN : 978-2-02-153516-7

www.seuil.com

Constance Lagrange

Le canari

Seuil / TRAVERSE

2022. Cimetière du Montparnasse. Le jour de son enterrement.

Ma famille était déjà là.
Je n'ai pas pleuré depuis sa mort.
Et je ne m'en sens pas coupable.

Le moment était arrivé.
DANIEL LISOPRAWSKI
Médecin - philosophe
1927 - 2010
DORA LISOPRAWSKI
NÉE HEBENSTREIT
Pédiatre
1927 - 2022

Lisoprawski
DRIIING !
Années 1990.
Aaah, vous voilà !
Ça va, ma petite chérie ?
Ça va, ma fille ?
Avec les autres, ma grand-mère était tendre et enjouée.

Mais avec moi, elle était froide et distante.
Passons à table !
Parfois, elle prétendait que je n'existais pas, ou bien elle m'appelait la « petite moricaude ».
En revanche, Simone, la sœur de son mari, était aimante et chaleureuse.
J'ai des cadeaux pour vous, après le repas.
J'ai fait des kneidlers, la recette de ma mère.

Et voilà le dessert !
C'est un gâteau au fromage blanc ?
Oui, le käsekuchen de chez nous. Une recette juive traditionnelle. Il y a des raisins dedans.
Il faut les rouler dans la farine pour qu'ils ne tombent pas au fond.
Il est très réussi.
Qui en reprend ?
Je n'en ai pas eu.
CLAC !
Tu n'en as pas besoin, Daniel.

Dis donc, elle était « en forme », ta mère.
Rhôôô, Philippe…
Ça va, moi, j'ai l'habitude. Je dis plutôt ça pour la petite.
Ça veut dire quoi, la « moricaude » ? Et de quoi t'as l'habitude, papa ?
Tu sais, moi, je suis le goy de service ! Tu n'as pas de chance, avec tes yeux marron et tes cheveux bruns : tu me ressembles. Ta mamie te trouve trop « basanée ».

Elle a toujours eu des préférences... aryennes.
C'est pour ça que je ne fais pas de différence entre toi et ta sœur, ma chérie, parce que ma mère en faisait.
Dis-toi que tu as de la chance : tu as Simone. D'une certaine façon, c'est un peu elle, ta mamie.

2014.
TOC TOC
Bonjour Simone !
Oh, ma petite Constance, quel plaisir de te voir !
Comment ça va depuis la dernière fois ?
Comme d'habitude, tu sais. Entre, entre !

J'ai voulu te faire une tarte, mais je l'ai complètement ratée ! Ça doit être héréditaire.
Je croyais que ton père était boulanger ?
Oui, mais il était chapelier de formation. Il ratait souvent ses fournées, même s'il travaillait jour et nuit pour les faire.
D'ailleurs, une fois, un Allemand est venu en acheter dans notre boulangerie. Ma mère a dit à mon père : « Quoi, tu vends du pain aux Allemands ? »
Mon père lui a répondu : « Oh, si ça peut en tuer quelques-uns… »
La boulangerie était dans le XIIIe arrondissement de Paris, au 34 rue du Moulinet.

Mes parents étaient des immigrés juifs polonais.
Le frère de mon père, sa femme et leurs enfants sont venus s'installer avec nous. Nous habitions tous ensemble au-dessus de la boutique.
Lisoprawski
Hélène
née en 1902
en Pologne
Ruben
né en 1895
en Pologne
Mendel
né en 1904,
en Pologne
Rywka
Marcowicz
née en 1918
en Pologne
Simone
née en 1925
à Paris
Daniel
né en 1927
à Paris
Paulette
née en 1934
à Paris
Rosa
née en 1933
à Paris
Janec-Simon
né en 1935
à Paris
Daniel
né en 1939
à Paris

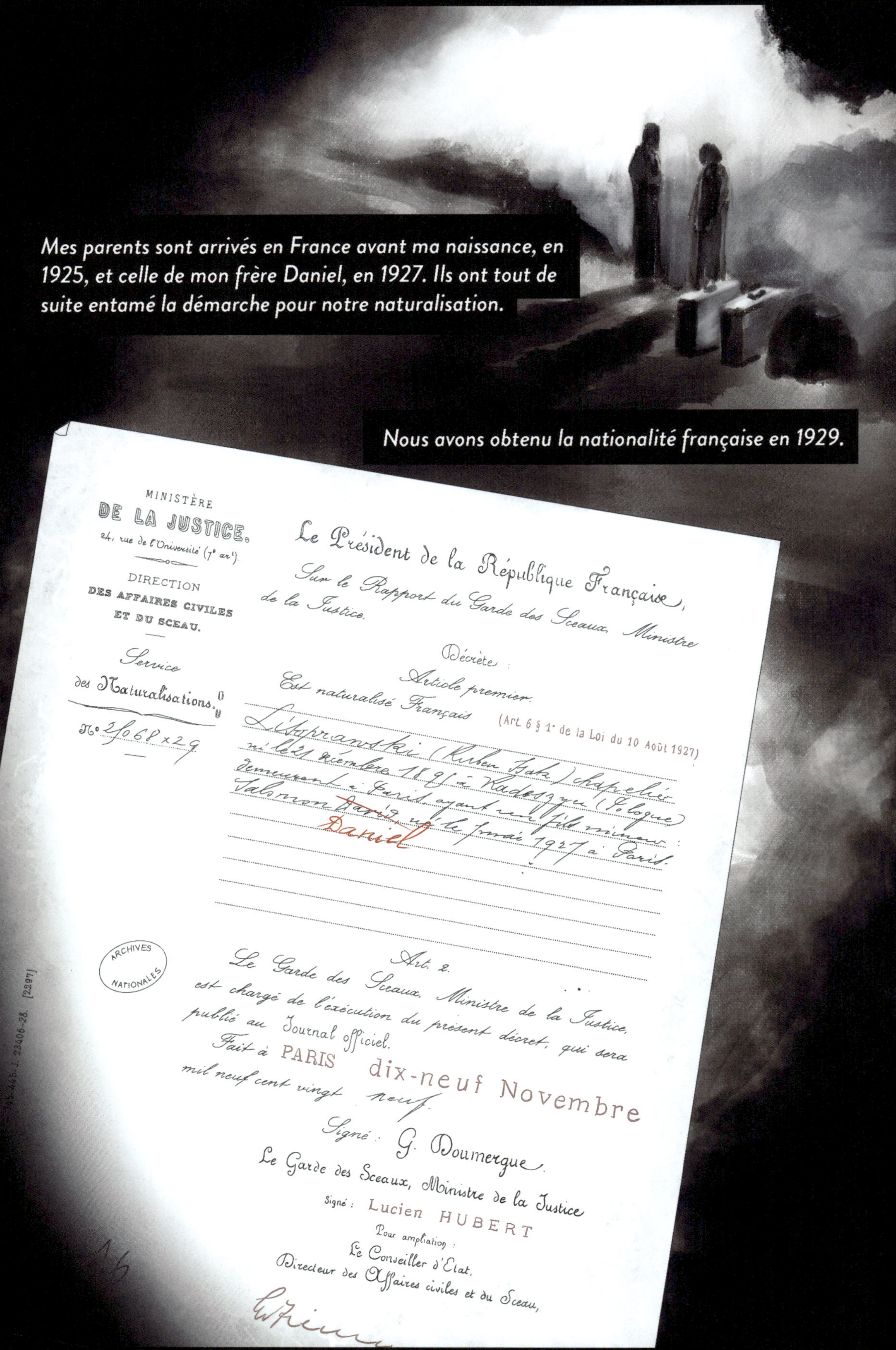
Mes parents sont arrivés en France avant ma naissance, en 1925, et celle de mon frère Daniel, en 1927. Ils ont tout de suite entamé la démarche pour notre naturalisation.
Nous avons obtenu la nationalité française en 1929.
MINISTÈRE
DE LA JUSTICE.
24, rue de l'Université (7e arr.).
DIRECTION
DES AFFAIRES CIVILES
ET DU SCEAU.
Service
des Naturalisations.
N° 25068 x 29
Le Président de la République Française,
Sur le Rapport du Garde des Sceaux, Ministre de la Justice,
Décrète :
Article premier.
Est naturalisé Français (Art. 6 § 1° de la Loi du 10 Août 1927)
Litopranski (Ruben Isak) chapelier
né le 21 décembre 1891 à Kadoszyce (Pologne)
demeurant à Paris, ayant un fils mineur :
Salomon ~~Davis~~ Daniel né le 1er mai 1927 à Paris.
Art. 2.
Le Garde des Sceaux, Ministre de la Justice, est chargé de l'exécution du présent décret, qui sera publié au Journal officiel.
Fait à PARIS dix-neuf Novembre
mil neuf cent vingt neuf.
Signé : G. Doumergue.
Le Garde des Sceaux, Ministre de la Justice
Signé : Lucien HUBERT
Pour ampliation :
Le Conseiller d'Etat,
Directeur des Affaires civiles et du Sceau,
ARCHIVES NATIONALES

Dès leur arrivée à Paris, mes parents ont été confrontés à des clichés antisémites.
BOULANGERIE PATISSERIE
Soit on gagnait trop d'argent,
soit on était des fainéants.

2022. Je me rends aux Archives nationales de Pierrefitte pour en savoir plus sur ce que m'avait raconté Simone.
ARCHIVES
NATIONALES

Je découvre que Mendel, son oncle, a ouvert une deuxième boulangerie au 6 rue de la Présentation à Paris.
LIBRARY RESEARCHER
8e SECTION
Commerce intérieur
A 503
11013
Lisopravski
Je trouve les documents sur leur dénaturalisation par le régime de Vichy pendant la guerre.

Mon père a été convoqué au poste de police. Il a dit : « Vous retirez ma nationalité, et celle de mes enfants ? Ils sont pourtant nés en France ».
MINISTÈRE DE LA JUSTICE
N° 4109
le 28 FEV 1927
BUREAU DU SCEAU
X 27
Cour d'appel
Département
Arrondissement
RETRAIT Décret du 16 AOUT 1941 J.O du 21 AOUT 1941
Lisopravski
Carte d'identité
JUIF
La guichetière a répondu : « Mais Monsieur, un Chinois qui fait des enfants à Paris, ça fait encore des petits Chinois ! »

Mon oncle, ma tante et mes cousins ont été envoyés dans la Sarthe pour travailler.
Ils ont dû abandonner leur boulangerie.
Nous sommes restés à Paris.

Un administrateur provisoire a été affecté à notre boulangerie.

Mon père n'a plus eu le droit d'être en boutique, ni de faire certains pains.

Il y a eu de moins en moins de clients ; mon père manquait d'argent pour acheter la farine.

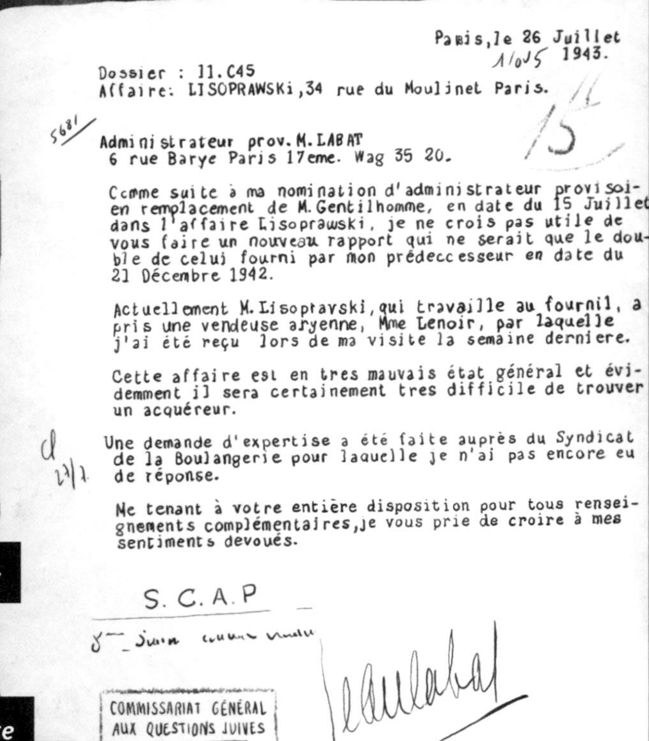

Paris, le 26 Juillet 1943.

Dossier : 11.C45
Affaire: LISOPRAWSKI, 34 rue du Moulinet Paris.

Administrateur prov. M. LABAT
6 rue Barye Paris 17eme. Wag 35 20.

Comme suite à ma nomination d'administrateur provisoi- en remplacement de M. Gentilhomme, en date du 15 Juillet dans l'affaire Lisoprawski, je ne crois pas utile de vous faire un nouveau rapport qui ne serait que le double de celui fourni par mon prédeccesseur en date du 21 Décembre 1942.

Actuellement M. Lisopravski, qui travaille au fournil, a pris une vendeuse aryenne, Mme Lenoir, par laquelle j'ai été reçu lors de ma visite la semaine derniere.

Cette affaire est en tres mauvais état général et évidemment il sera certainement tres difficile de trouver un acquéreur.

Une demande d'expertise a été faite auprès du Syndicat de la Boulangerie pour laquelle je n'ai pas encore eu de réponse.

Me tenant à votre entière disposition pour tous renseignements complémentaires, je vous prie de croire à mes sentiments devoués.

S. C. A. P

COMMISSARIAT GÉNÉRAL AUX QUESTIONS JUIVES
28 JUIL 1943
ARRIVÉE 23398

Le commissaire gérant « aryen » prenait de toute façon une bonne partie de ce que mon père gagnait.

Mais il ne nous embêtait pas trop. Il devait se sucrer plus ailleurs.

C'est incroyable ! Je ne connaissais pas du tout ce processus d'aryanisation des boutiques juives. Ou alors j'ai oublié mes cours d'histoire.
Eh oui, c'était comme ça.

J'aimerais beaucoup raconter ton histoire en bande dessinée. Tu en penses quoi ?
Oh, si tu veux. Mais ce que je te raconte, c'est l'histoire de la plupart des juifs. Beaucoup ont déjà témoigné.
Mieux que moi d'ailleurs... Ma mémoire est pleine de trous. C'est ça, de vieillir !
La prochaine fois, je te sortirai les photos.
C'est si simple de parler avec Simone... Pourquoi je n'arrive pas à parler à ma grand-mère de tout ça ?

Années 1990.
Maman. J'ai une perle dans le nez.
Quoi ?
J'ai une perle dans le nez.
Comment ça, une perle dans le nez ?
Oui. Je l'ai mise dans mon nez, et elle ne sort plus.
Allô, maman ? Est-ce que tu peux venir immédiatement à la maison ?
Constance s'est bouché une narine avec une perle.

Ce jour-là, j'existais enfin aux yeux de ma grand-mère.
Ses mots et ses gestes étaient précis, médicaux.
Après tout, elle était pédiatre.
C'était la première fois que je voyais son visage d'aussi près.

Mon grand-père Daniel, lui, était médecin généraliste. Selon sa sœur Simone, il était très joyeux. Bavard. Drôle.
Pour moi, il était silencieux. Réservé. Calme.
Il ne semblait s'autoriser des émotions qu'à travers la musique.
Dora, sa femme, n'appréciait pas ses amis. Il a arrêté de les voir.

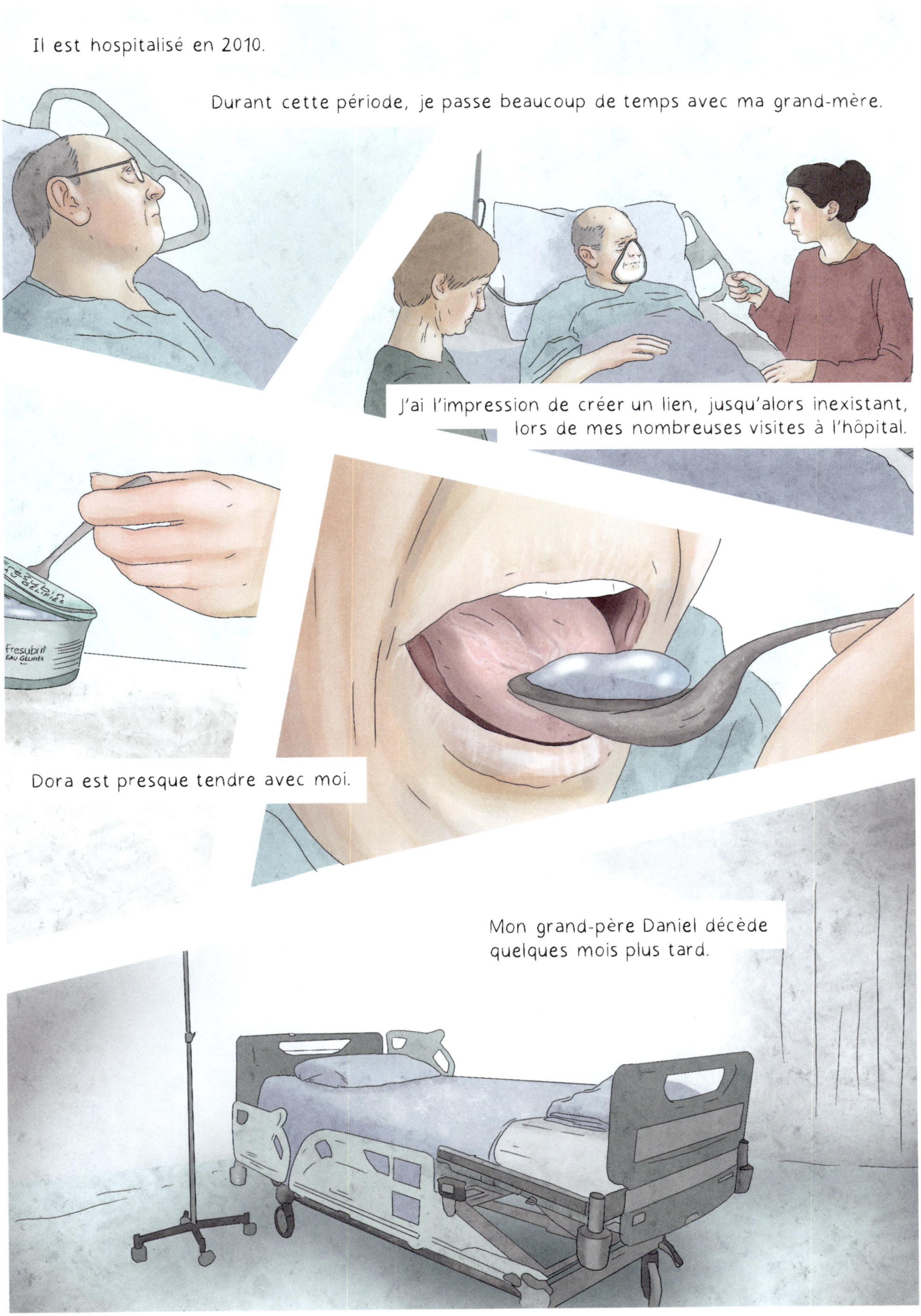
Il est hospitalisé en 2010.
Durant cette période, je passe beaucoup de temps avec ma grand-mère.
J'ai l'impression de créer un lien, jusqu'alors inexistant, lors de mes nombreuses visites à l'hôpital.
Dora est presque tendre avec moi.
Mon grand-père Daniel décède quelques mois plus tard.

Mamie, j'ai un cadeau pour toi. C'est un tableau. J'ai reproduit une photographie de ta mère.
Merci. Il faut que je lui trouve une place maintenant.
Je suis revenue chez elle ; le tableau avait été accroché, puis, peu de temps après, retiré du mur du salon.
Il était retourné, posé par terre, au fond de l'appartement.

J'ai appris, bien après son décès, qu'elle avait accroché le portrait au-dessus de son lit. Le lit où elle est morte en 2022.

La relation que ma grand-mère Dora avait avec sa propre mère était complexe. C'est ainsi que je m'explique sa réticence à accrocher le tableau.
Sur toutes les photographies que j'ai vues, la mère de Dora est souriante ou en train de rire.
Ma grand-mère ne parlait presque jamais d'elle.
Peut-être qu'elle lui en voulait d'avoir survécu à son père.
Et d'être joyeuse.

Quand Simone me parlait de sa mère à elle, c'était d'une façon totalement différente. Probablement parce qu'elles n'ont pas traversé la guerre ensemble.
Dans la culture juive, la mère est le pilier de la famille ?
Oui, et pour shabbat, la mère est la reine ! Elle arrive tout apprêtée ; elle allume les bougies.
Vous fêtiez shabbat ?
On ne l'a jamais fait chez nous. Maman était déjà morte.
Je n'ai pas de souvenir de pratique religieuse à proprement parler. C'était plutôt dans la culture, dans nos traditions, nos habitudes culinaires... Mes parents parlaient yiddish.

C'était avant la guerre. Pour qu'on apprenne un peu d'hébreu, nos parents nous envoyaient à l'école rabbinique de la rue Vauquelin, dans le Ve arrondissement de Paris.
Mais avec ton papy Daniel, on s'amusait tout au long du chemin, en descendant l'avenue des Gobelins.

Il y avait une femme avec les yeux bandés qui devinait ce que les badauds avaient dans leurs poches. Alors tu imagines un petit peu le temps qu'on mettait à descendre l'avenue !
Quand on arrivait à l'école rabbinique, à chaque fois, le cours était pratiquement fini.

À part ça, on accompagnait maman au lavoir.

Un drame est arrivé dans ma vie en 1934.
L'avortement était strictement interdit. Il était accusé de contribuer à la dénatalité.
L'enfant c'est la joie
Avorter, c'est refuser ton bonheur en détruisant LA VIE ! c'est ruiner ta santé en risquant LA MORT !
ALLIANCE NATIONALE CONTRE LA DEPOPULATION
La contraception, l'incitation à l'avortement et la « propagande anticonceptionnelle » avaient été interdites par la loi de 1920.

J'ai mis du temps à comprendre.
Juste après la mort de maman, j'ai entendu mon père qui murmurait la même phrase pendant des heures.

« Qu'est-ce que cela aurait pu faire qu'on ait un troisième enfant ? »

On n'était plus que trois.
On est restés dans l'appartement rue du Moulinet, au-dessus de la boulangerie, avec papa et Daniel.
Les cousins étaient encore avec vous ?
Oui, c'était avant que mon oncle ouvre sa boulangerie à lui. Je me souviens très bien de Paulette, avec sa sœur Rosa.
Paulette était très sérieuse, toujours le nez dans ses cahiers. Rosa, c'était tout le contraire, elle ne voulait jamais travailler.
Elles avaient deux petits frères, Janec-Simon et Daniel, le même prénom que mon frère.

Ma cousine Rosa faisait semblant de se mettre à astiquer les meubles quand venait l'heure de faire les devoirs.
Paulette disait avec un air grave : « Attention Rosa, si tu continues, tu vas encore avoir des mauvaises notes ! »

Le plus jeune de mes cousins, celui qui est sur la photo, là, il aurait eu 76 ans cette année.

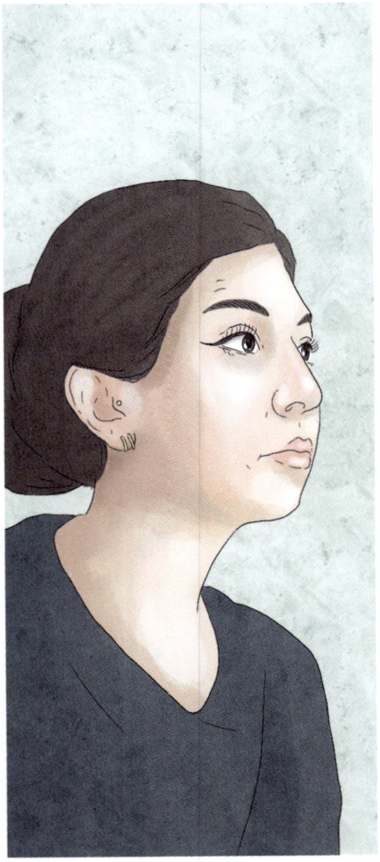

Tu imagines... Mettre des enfants au monde pour les rendre aussi malheureux.

Mes quatre cousins ont été envoyés à Drancy.
Rosa avait 11 ans, Paulette, 10 ans, Janec-Simon, 9 ans, et Daniel, 4 ans.

10919
famille
CC
3.4
B
4200 48
Nom :
20 JAN 1944
LISOPRAWSKI
Prénoms : Paulette
Date Naissance : 13. 2. 34
Lieu : Paris 4 ème
Nationalité :
Profession : Ecolière
Domicile : Poix Terron
val. jusqu' Charleville 5.1.44
10918
famille
CC
3 4
B
20 JAN 1944
4200 48
Nom : LISOPRAWSKI
Prénoms : Rosa
Date Naissance : 17.1.33
Lieu : Paris 13 ème
Nationalité :
Profession : Ecolière
Domicile : Poix Terron
Cl. val. jusqu' Charleville 5.1.44
10921
CC
4200 48
Nom : LISOPRAWSKI
Prénoms : Daniel
Date Naissance : 1.10.39
Lieu : Paris 4e
Nationalité
Profession
Domicile : Poix Terron
6 rue de la Présentation Paris 11e
Cl. val. jusqu' Charleville 5.1.44
10920
CC
Nom : LISOPRAWSKI
Prénoms : Samuel
Date Naissance : 7.1.35
Lieu : Paris 13e
Nationalité
Profession : Ecolier
Domicile : Poix Terron
6 rue de la Présentation Paris 11e
val. jusqu' Charleville 5.1.44

Années 1990. Simone nous rendait parfois visite.
Je ne peux m'empêcher de penser que son talent pour les cadeaux était dû, en partie, aux tragédies de son enfance.
Elle compensait, en quelque sorte.

Simone avait l'art de faire des cadeaux inoubliables.

Je reconnaissais en elle la « mamie gâteau » des livres de mon enfance.
Je chéris les moments que nous avons passés ensemble.
Qu'est-ce que je te disais, déjà ?
La déportation de tes cousins.

En 1943, nous avons dû partir. La boulangerie et l'appartement ont été saccagés.

L'employé de la boulangerie, sa femme et leur bébé sont venus avec nous.

Nous sommes allés de cachette en cachette jusqu'à trouver refuge dans un appartement du XIIIe arrondissement de Paris.

Au début du mois de février 1944, une jeune femme est venue frapper à la porte de l'appartement où nous nous cachions.
Elle s'appelait Annette. Elle avait à peu près le même âge que Daniel et moi.
Elle nous a dit qu'elle était de la Résistance et qu'elle pouvait nous mettre en sécurité.

Mon père et mon frère Daniel ont commencé à se disputer.
Finalement, seuls Daniel et moi avons accepté de la suivre.
Annette a dit qu'elle reviendrait chercher les autres.

Mon père a été arrêté la nuit suivante.

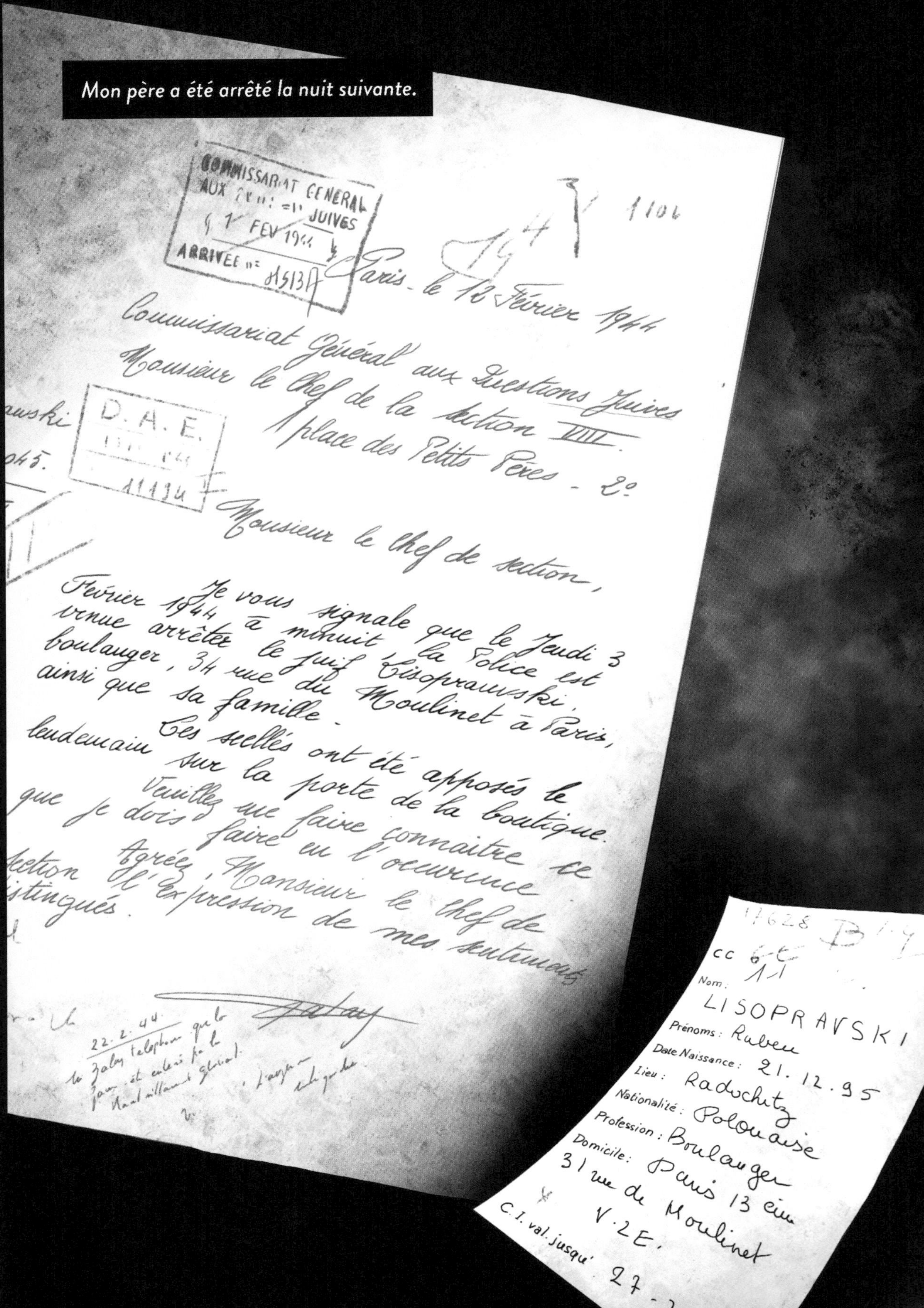

COMMISSARIAT GENERAL
AUX QUESTIONS JUIVES
1 FEV 1944
ARRIVEE n° 15131

D.A.E.
11194

Paris, le 12 Février 1944

Commissariat Général aux Questions Juives
Monsieur le Chef de la Section VIII
1 place des Petits Pères - 2e

Monsieur le Chef de section,

Je vous signale que le Jeudi 3 Février 1944 à minuit la Police est venue arrêter le juif Lisopraoski, boulanger, 34 rue du Moulinet à Paris, ainsi que sa famille.

Les scellés ont été apposés le lendemain sur la porte de la boutique.

Veuillez me faire connaître ce que je dois faire en l'occurrence.

Agréez, Monsieur le Chef de section l'expression de mes sentiments distingués.

17628 B

CC 66

11

Nom : LISOPRAVSKI

Prénoms : Ruben

Date Naissance : 21.12.95

Lieu : Radochitz

Nationalité : Polonaise

Profession : Boulanger

Domicile : Paris 13 em
31 rue du Moulinet

V.2E.

C.I. val. jusqu' 27 - …

Je commence la bande dessinée sur l'histoire de Simone. Mais il y a toujours quelque chose qui ne va pas. Je ne sais pas par quel bout prendre l'histoire.
À cette période, mes parents et moi sommes invités chez des cousins du côté de ma grand-mère Dora.

Constance, j'ai appris que tu voulais faire une bande dessinée sur la vie de Simone.
Oui, j'ai même commencé à dessiner quelques planches.
Tu sais ce qu'il faudrait ajouter dans ton livre ? L'histoire de ma mère.
Elle a échappé à la déportation. Mon père, en revanche...
Oh, arrête de l'embêter avec tes histoires !
Si je dois raconter l'histoire de tous les enfants de déportés de Paris, je ne vais jamais m'en sortir...
Il faudrait déjà que j'arrive à parler à ma grand-mère.

2016. Je me rends chez Dora, boulevard Saint-Michel.
77

Je ne suis pas certaine que le fait de te raconter mon histoire te soit utile pour ton récit sur Simone.
Je suis certaine du contraire, mamie. Ça va forcément être intéressant.
Eh bien, mes parents étaient des immigrés juifs polonais...
Je suis née en 1927 à Strasbourg.
Mon frère avait un an de plus que moi.

Nous habitions à Sarreguemines, en Lorraine.
Mon père était horloger.
J'ai eu une petite sœur qui est morte à 4 ans.

Le frère de mon père, qui avait vingt ans de plus que lui, était un riche marchand berlinois.
En 1937, sentant que la guerre arrivait, il a tout quitté du jour au lendemain et il est venu s'installer chez nous, en Lorraine.
Nous avons déménagé pour nous éloigner de la frontière avec l'Allemagne, et nous sommes arrivés à Paris.
Mon oncle s'est installé dans ma chambre.
Il a ouvert une horlogerie avec mon père.

Un soir de décembre 1937, nous ommes allés, avec mon frère, au Vélodrome d'Hiver.
C'était pour les « Six jours de Paris ». Il y avait des courses cyclistes et d'autres animations.
VEL'D'HIV
Nous avons gardé l'argent du métro pour acheter des bonbons.
Nous sommes rentrés à pied dans la neige.

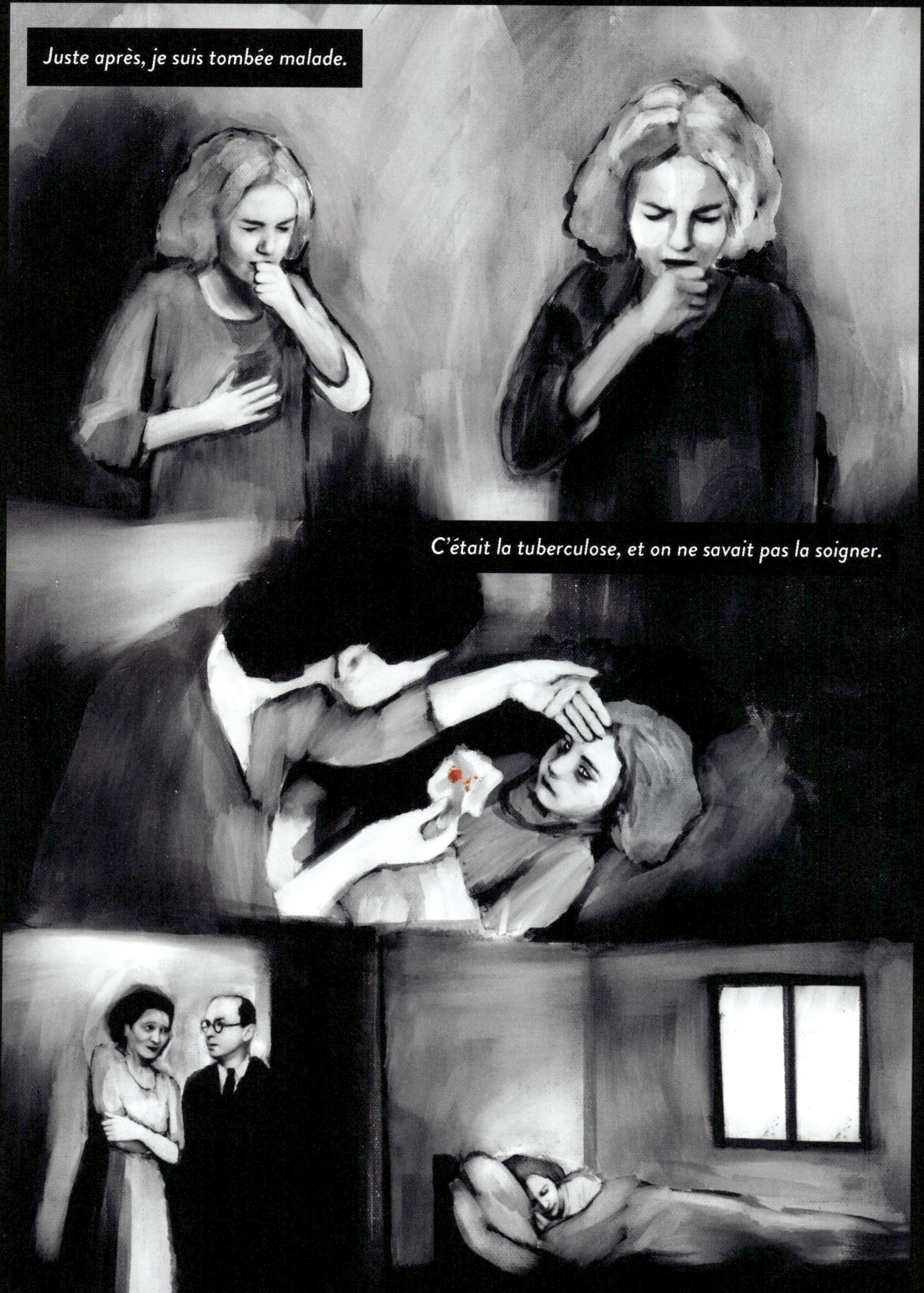
Juste après, je suis tombée malade.
C'était la tuberculose, et on ne savait pas la soigner.

Un fidèle client de l'horlogerie venait régulièrement prendre des nouvelles de ma famille auprès de mon père.
Mon père lui a expliqué que j'étais très malade, alitée, et que je m'ennuyais beaucoup.
Le client a proposé que sa fille, du même âge que moi et qui élevait des canaris, m'en apporte un pour me distraire.

Comme mon état de santé ne s'améliorait pas, ma mère m'a envoyée en préventorium en 1938.
Ce n'était pas tant un établissement de soins qu'un asile catholique pour enfants pauvres.
À mon arrivée, mes parents ont dit que j'étais athée.

Je suis retournée dans l'appartement de ma grand-mère Dora après son décès en 2022.
J'ai découvert que sa bibliothèque était remplie de livres en rapport avec le judaïsme ; je ne l'avais jamais remarqué auparavant.

À l'exception de quelques mots, peu de choses chez mes grands-parents m'avaient fait comprendre ce que signifiait d'« être juive ».
DAUMIER
LE MONDE JUIF D'HIER
IMAGES ET TRADITIONS JUIVES
LA QUESTION JUIVE EN EUROPE 1933-1945

En revanche, mes parents m'ont montré très jeune le film *Nuit et brouillard* d'Alain Resnais.

Ils m'ont dit que c'était pour « comprendre ce qui était arrivé à ma famille ».

2000. École de l'Arbalète, classe de CM2.
Nous allons inaugurer une plaque à la mémoire des enfants déportés de cette école. Il y aura une cérémonie dans quelques jours.
Vous pouvez faire un dessin, un texte, ce que vous souhaitez, afin de leur rendre hommage.
Parcours d'un Juif pendant la Guerre
On vient vous chercher ;
Allons au commissariat donner notre identité.
Après, on vous entasse dans des camions :
C'est le voyage pour la déportation.
Il n'y a que peu de lumière
C'est la tristesse, c'est la guerre.
Les Juifs sont triés, les bons à travailler,
Et ceux qui ne peuvent plus sont tués.

Des gens meurent, torturés
Dans le gaz, dans la fumée
Les juifs tombent de fatigue, mort
Les gardes allemands arrachent leur or
Dans les camps, les Allemands marchent
Avec couteaux, fusils ou haches
Ils tuent les juifs sans remords,
Partout s'amoncellent les corps
39-45 est passé,
Seul quelques Juifs sont rescapés.
Constance Lagrange.
Oui, bonjour, je suis la maîtresse de Constance. Je vous appelle à propos du poème de votre fille.
Vous êtes certain que vous ne l'avez pas aidée à l'écrire ?
J'ai lu mon texte devant toute l'école, ainsi que devant ma famille, le jour de l'inauguration de la plaque mémorielle.
Je n'y ai plus pensé ensuite. En 2022, après le décès de ma grand-mère Dora, je l'ai retrouvé. Il était encadré et posé en évidence dans la chambre où elle a fini ses jours.

À partir du moment où j'ai vu *Nuit et brouillard*, j'ai essayé de m'emparer de la culture juive comme je pouvais, avec ce que j'en comprenais.

Papa, maman : je veux jeûner demain, pour Yom Kippour.

Je vais devenir la première rabbine de France !

Première Rabbine de France

Le lendemain.
10h
12h
14h
16h
17h

Eh bien, c'est comme ça que tu jeûnes à Kippour ?
C'est pas très casher, tout ça !
La rabbine qui fait Yom Kippour au cassoulet !

1938. Dora est au préventorium.
Comme mes parents avaient dit que j'étais athée, je n'étais pas obligée d'assister à la messe.
J'allais me balader dans le verger de pêches en face du bâtiment principal.
J'aimais beaucoup les jours de messe !

En 1939, ma mère est venue me chercher pour me ramener à Paris.
DERNIÈRE ÉDITION
Paris-soir
LUNDI 4 SEPTEMBRE 1939
37, rue du Louvre PARIS
DERNIÈRE ÉDITION
50 cent
La France et la Grande Bretagne s'engagent à respecter les populations civiles... L'ALLEMAGNE LES BOMBARDE
LA GUERRE EST DÉCLARÉE
L'Angleterre depuis ce matin 11 heures
La France depuis cet après-midi 5 heures
sont entrées en état de guerre avec l'Allemagne
Elles n'avaient reçu aucune réponse du Führer à l'ultime démarche qu'en plein accord elles avaient effectuée séparément à Berlin

Lors de l'Exode, mon oncle, qui fréquentait d'autres Juifs polonais, a décidé de faire ses valises et de fuir Paris en voiture.
Il a proposé à ma famille de partir avec lui.
Mon père a refusé de se lancer sur les routes.
Je me souviens très bien de ce qu'il a dit : « On verra bien. »
Mon oncle est parti seul.

La dernière fois que j'ai vu ma grand-mère Dora vivante, elle était allongée sur le canapé du salon. Absente. Elle n'a pas vraiment réalisé que j'étais là.
... la voiture...
Tu as dit quoi, mamie ?
La voiture...
Il faut prendre la voiture...
Il faut prendre la voiture...

Elle parlait à des fantômes.

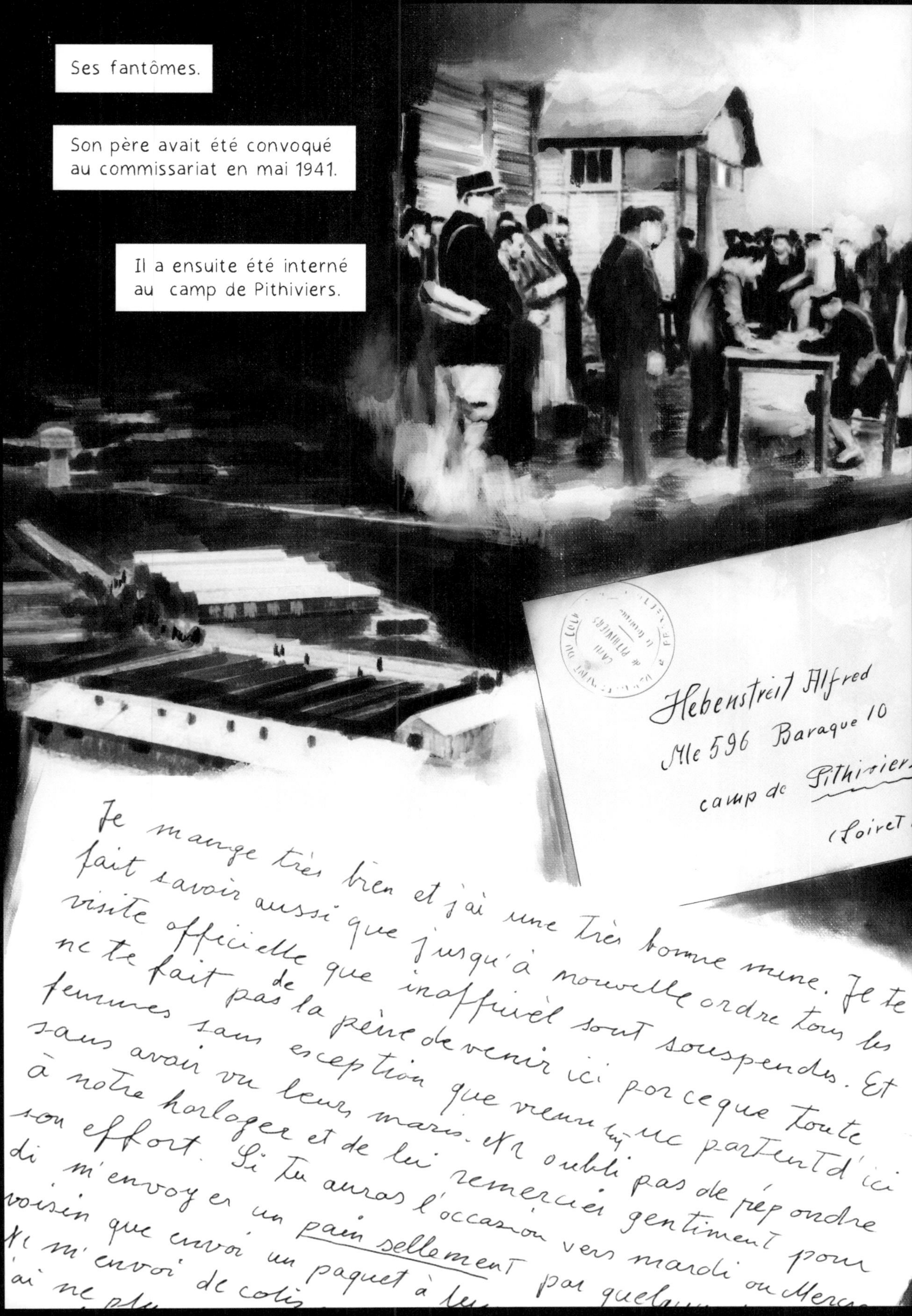

Ses fantômes.
Son père avait été convoqué au commissariat en mai 1941.
Il a ensuite été interné au camp de Pithiviers.
Hebenstreit Alfred
Mle 596 Baraque 10
camp de Pithiviers
(Loiret
Je mange très bien et j'ai une très bonne mine. Je te
fait savoir aussi que jusqu'à nouvelle ordre tous les
visite officielle que inoffiuel sont souspendus. Et
ne te fait de pas la peine de venir ici porceque toute
femmes sans exception que venu ici ne partent d'ici
sans avoir vu leurs maris. Ne oubli pas de répondre
à notre horloger et de lui remercier gentiment pour
son effort. Si tu auras l'occasion vers mardi ou
di m'envoyer un pain sellement par
voisin que envoi un paquet à

Sa mère lui a annoncé que son père avait été déporté et qu'elle ne le reverrait plus.

Après plusieurs heures, Dora est ressortie de la salle de bains
où elle s'était enfermée pour pleurer.
Sa mère a dit que, ce jour-là, quelque chose avait changé pour toujours chez sa fille.
« Elle n'a plus jamais
été la même. »

2021. Ma mère et ma grand-mère Dora, jardin du Luxembourg.
Tu sais, quand j'étais petite...
Je n'ai jamais raconté à personne ce que m'a fait l'oncle qui partageait ma chambre.
Mais tu n'as rien dit, même à tes parents ?
Non. Ça aurait détruit la famille.
Maintenant, je peux en parler. Ça n'a plus d'importance.

Quelques mois après la déportation de mon père, le 15 juillet 1942, la petite voisine qui me montrait ses canaris quand j'avais été malade avant la guerre est venue nous prévenir qu'il allait y avoir une rafle la nuit suivante.
Nous avons passé la nuit chez elle.
Le lendemain, ma mère est retournée voir s'il y avait des scellés sur notre porte.

C'était la rafle du Vél d'Hiv.
Nous aurions dû y être.
Nous y avons échappé par miracle.
Grâce à la petite fille aux canaris.

Mais nous n'avons pas pu rester chez elle plus d'une nuit. Dès le lendemain, ma mère est allée frapper aux portes de toutes les personnes susceptibles de nous aider.
Après une nuit passée dans la salle d'attente de notre dentiste, nous sommes partis quelques mois en province, sur les conseils d'un ami de mon père.
Un jour, la police est venue pour nous contrôler. Probablement sur dénonciation des voisins, puisque mon frère et moi n'allions pas à l'école.
Nous avons montré aux policiers nos faux papiers d'identité. Ils ont dit qu'ils reviendraient le lendemain pour vérifier tout cela.
Évidemment, nous avons déguerpi aussitôt, en pleine nuit.

Nous avons finalement trouvé refuge dans un appartement à Ivry, en banlieue parisienne, accompagnés d'une femme et d'un enfant.
Nous avons pu y rester jusqu'à la Libération.

Un jour de 1944, le propriétaire de l'appartement d'Ivry est arrivé.
La concierge nous louait l'appartement sans l'en avoir informé.
Le propriétaire devait récupérer l'appartement pour son fils qui commençait des études de médecine.
Il a accepté que l'on reste sans payer de loyer. Son fils a emménagé avec nous.

Puis il y a eu la Libération.
Les rescapés des camps arrivaient à l'hôtel Lutetia.
LVTETIA
Nous y sommes allées avec ma mère, dans l'espoir que mon père reviendrait.

Je me suis inscrite à la faculté de médecine, comme le fils du propriétaire d'Ivry.
VNIVERSITE DE PARIS
FACVLTE DE MEDECINE

C'est là que j'ai rencontré Daniel, ton grand-père. Nous avons eu trois filles.

Daniel et sa sœur Simone s'étaient cachés en Bretagne jusqu'à la fin de la guerre.
Daniel était fleuriste.
Simone, elle, travaillait dans un café.
Le frère et la sœur devaient faire semblant de ne pas se connaître.

En 1945, Simone est rentrée à Paris et a trouvé du travail dans une usine. Elle allait ponctuellement aider une de ses tantes dans l'ancienne boulangerie de Mendel, déporté avec sa femme et leurs enfants.
RUE DE LA PRÉSENTATION
Le propriétaire de la quincaillerie située en face de la boulangerie venait acheter des gâteaux. Simone l'a épousé en 1948 et ils ont eu deux enfants.
Simone, Daniel, Dora se voyaient très régulièrement, partant en vacances tous ensemble, en famille.
Dora est devenue pédiatre.

Simone et Daniel s'appelaient tous les jours. Après la mort de Daniel, Simone a continué d'appeler Dora quotidiennement.
Jusqu'à ce qu'elle soit trop malade pour appeler.

1997. J'ai six ans.
Je dessinais avec ma sœur.
Parfois des personnages bien éloignés de mon histoire familiale.
LU
Petits Cœurs
Ma grand-mère complimentait toujours les dessins de ma sœur.

Jardin du Luxembourg.

Allez, on rentre, les filles !

Mais...
LA PORTE !
CLAC !
Il faut toujours fermer la porte. Immédiatement.
Quelqu'un qui nous veut du mal pourrait entrer.

2016. Chez Simone.
Mamie m'a raconté l'histoire du petit canari.
Aaah, oui... Un miracle. Ça tient à un rien.
Cette époque, il faut en parler, toujours en parler.
Le canari, c'est joyeux. Pas le reste.
Peut-être que Dora, elle, n'a pas eu l'occasion de parler de ces choses-là.

C'est vrai. En fait, je n'ose pas lui demander.

Il ne faut pas hésiter. La parole, ça maintient la vie.

2021. Jardin du Luxembourg.

Chaque pas est un miracle.

Sources

Archives nationales, BB/11/12405/25068 X 29, naturalisation des Lisoprawski.
Archives nationales, BB/27/1434, retrait de la nationalité aux Lisoprawski.
Archives nationales, AJ/38/3111, dossiers 11 013 et 11 045, aryanisation des boulangeries Lisoprawski.
Archives nationales, F/9/5759/289407, camp de Pithiviers, Alfred Hebenstreit.
Archives nationales, F/9/5699/154962 et F/9/5746/266468 à 471, camp de Drancy, Alfred Hebenstreit et les enfants Lisoprawski.
Les entretiens avec Dora Lisoprawski et Simone Rak ont été réalisés à Paris entre 2012 et 2017.
Dora et Daniel sont enterrés ensemble au cimetière du Montparnasse ; Simone, au cimetière de Bagneux.

Bibliographie sélective

Bruttmann (Tal), Au bureau des affaires juives. *L'administration française et l'application de la législation antisémite, 1940-1944*, Paris, La Découverte, 2006.
Bruttmann (Tal), Hördler (Stefan), Kreutzmüller (Christoph), *Un album d'Auschwitz. Comment les nazis ont photographié leurs crimes*, Paris, Seuil, 2023.
Jablonka (Ivan), Wieviorka (Annette), *Nouvelles perspectives sur la Shoah*, Paris, PUF, La Vie des idées, 2013.
Jablonka (Ivan), *Histoire des grands-parents que je n'ai pas eus. Une enquête*, Paris, Seuil, Points, 2023 (nouvelle éd.).
Joly (Laurent), *L'Antisémitisme de bureau. Enquête au cœur de la Préfecture de police de Paris et du Commissariat général aux questions juives, 1940-1944*, Paris, Grasset, 2011.
Joly (Laurent), *Dénoncer les Juifs sous l'Occupation. Paris, 1940-1944*, Paris, CNRS Éditions, 2017.
Joly (Laurent), *La Rafle du Vél d'Hiv. Paris, juillet 1942*, Paris, Grasset, 2022.
Klarsfeld (Serge), *Le Mémorial de la déportation des Juifs de France*, Paris, B. et S. Klarsfeld, 1978.
Perrot (Michelle), *Les Femmes ou les Silences de l'histoire*, Paris, Flammarion, 2020 (nouvelle éd.).
Wieviorka (Annette), Laffitte (Michel), *À l'intérieur du camp de Drancy*, Paris, Perrin, 2012.
Wieviorka (Annette), *L'Ère du témoin*, Paris, Pluriel, 2013 (nouvelle éd.).

Remerciements

Merci à Ivan Jablonka pour sa confiance, ses idées et son accompagnement sans faille.
Merci à mes parents, à ma sœur Victoria, à Théo et à Caroline pour leur soutien inconditionnel.
Merci à Ulric et Louis pour leur relecture attentive.

Contact

Vous pouvez suivre Constance Lagrange sur son compte Instagram :
constance_lagrange

Photogravure : ANR
Achevé d'imprimer en décembre 2023
sur les presses de Florjancic Tisk en Slovénie
Dépôt légal : janvier 2024